W9-CKB-844

CUENTOS DE HADAS CLÁSICOS

Simbad el Marino

Barbara Hayes

Adaptado por Aída E. Marcuse

Library of Congress Cataloging-in-Publication Data

Hayes, Barbara, 1944-
   [Sinbad. Spanish]
   Simbad el marino / por Barbara Hayes; adaptado por Aída E. Marcuse.
     p. cm. — (Cuentos de hadas clásicos)
   Resumen: Simbad sobrevive el naufragio de su barco, hundido por los gigantescos Rocs y, gracias a su astucia, consigue volver a su hogar.
   Traducción de: Sinbad.
    ISBN 0-86593-216-6
    [1. Cuentos de hadas. 2. Folklore, Árabe. 3. Materiales en idioma español.] I. Simbad el marino. Español. II. Título. III. Series.
PZ8.H325Sh 1992
398.21-dc20   92-16348
[E]   CIP
                              AC

THE ROURKE CORPORATION, INC.
VERO BEACH, FL 32964

CUENTOS DE HADAS CLÁSICOS

SIMBAD EL MARINO

Durante el reinado de Haroun-Al-
Rachid, vivía en Bagdad un
marino llamado Simbad.

Viajaba por el mundo comprando
especias en un país y vendiéndolas en
otro, con muy buenas ganancias. Una
vez llegó a una isla desierta, y Simbad y
sus hombres decidieron explorarla.

En la rama más alta de un árbol encontraron un nido con un huevo gigantesco. "¡No lo toquen, es un huevo de Roc!" gritó Simbad, pero sus hombres no lo escucharon.

Los marineros tenían hambre.
Prendieron fuego al nido y cocinaron el
huevo. Era tan grande, que alcanzó
para alimentarlos a todos. Pero luego,
cuando dormían profundamente, los
despertó el ruido de un fuerte aleteo.

"¡Los Rocs vuelven a su nido!" gritó el vigía del barco. Al encontrarlo destruído, los pájaros se agitaron amenazadoramente.

"¡Huyamos pronto, o los Rocs nos matarán!" exclamó Simbad. Caía la noche, y estaban muy lejos del mar.

Los hombres corrieron, tropezando y
cayendo en la oscuridad, perseguidos
por los picotazos de los furiosos Rocs,
que querían matarlos a todos.

Llegaron al barco y soltaron las amarras. Pero los pájaros los persiguieron mar adentro, dejaron caer dos enormes rocas sobre el barco y lo hundieron. Todos los marineros se ahogaron, y Simbad desesperaba de salvarse cuando vio un madero y se aferró a él.

9

Gracias al madero, Simbad llegó a una isla. Tenía hambre, y trepó a un cocotero a juntar cocos.

Desde allí arriba vio un viejo en la playa. Simbad fue junto al hombre, que parecía débil y enfermo. "No puedo caminar ni buscar comida. Moriré aquí, a menos que me lleves a cuestas," dijo el viejo.

Compadecido, Simbad le dio unos cocos y lo cargó. Pero el viejo había mentido.

Apretó las piernas y exclamó riendo: "¡No te dejaré nunca, serás mi esclavo y me llevarás siempre a cuestas, hasta dormido!" Y así lo hizo. ¡Pobre Simbad!

El cruel viejo castigaba a Simbad cuando éste intentaba sacudírselo. Desesperado, Simbad buscó alguna manera de escapar. Preparó un licor de nueces, tomó un sorbo y empezó a bailar, como si estuviera muy contento.

El viejo lo observó con curiosidad y dijo: "¡Ese vino es demasiado bueno para tí, dámelo!" Y le arrancó el recipiente.

El viejo bebió a grandes sorbos el poderoso licor, seguro de que lo haría sentir tan feliz como a Simbad.

Pero en cambio, el licor lo adormeció,
¡que era justo lo que quería Simbad!

Cuando estuvo completamente
dormido, Simbad pudo sacárselo
fácilmente de encima.

Cuidando de no despertarlo, Simbad lo apoyó suavemente contra una roca y corrió hacia el mar y la salvación. ¡Qué bueno era ser libre otra vez!

Al rato llegó una chalupa con varios marineros. Cuando Simbad les contó su historia, exclamaron: "Tuviste suerte de

escaparle al viejo! Cuando se le muere un esclavo, lo reemplaza con otro que también acaba matando."

Era una isla famosa por sus cocoteros, pero éstos eran tan altos, que costaba trabajo alcanzar los cocos. Los marineros discutían cómo sacarlos cuando Simbad los interrumpió: "Tírenles piedras, y los monos contestarán arrojándoles cocos," les aconsejó.

Así lo hicieron, y pronto llenaron la chalupa de cocos. "Los cambiaremos en la isla de Mirage por sándalo, alcanfor, gengibre y pimienta. Ven con nosotros y ayúdanos en lo que puedas," lo invitaron.

En la isla de Kela cambiaron las
especias por diamantes. Cuando
volvieron a Bagdad, todos eran ricos y
se habían hecho grandes amigos.
Simbad ofreció generosas limosnas a los
pobres y copiosas cenas a quienes
venían a oirle contar sus extraordinarias
aventuras.

Prueba tu memoria

Lee el cuento, y trata de contestar estas preguntas:

¿Era el viejo débil y enfermo?
(Página 11)
¿Por qué se quedó dormido?
(Página 15)

¿Por qué los marineros les tiraron piedras a los cocoteros?
(Página 18)

Después de cada pregunta encontrarás el número de la página donde está la respuesta.

¿Qué les tiraron los monos a los marineros? (Página 18)

¿Cómo se llama este enorme pájaro? (Página 8)
¿Por qué se enojó tanto? (Página 9)